LE
PLAIDOYER DE PARIS
DEVANT LA FRANCE

Par CHRISTOPHE BERGERON

Oh ! de nos pleurs de sang que l'on rie à cœur joie !
Qu'on te traque, ô Paris ! comme un tigre sa proie !
Rien d'heureux ne sera qu'à l'aurore du jour
Où mieux que dans la force, on croira dans l'amour !!!...
O Thiers ! écoute et crois, soit en paix, soit en guerre,
Rien ne sert le pays comme d'être sincère !
Il n'est qu'un port plus sûr que l'écueil des partis,
C'est d'unir l'humble au riche et la France à Paris !!! ..

PARIS

IMPRIMERIE AUGUSTE VALLÉE
16, RUE DU CROISSANT, 16

—

1872

—

Propriété réservée

38338

LE
PLAIDOYER DE PARIS

DEVANT LA FRANCE

IMPRIMERIE AUGUSTE VALLÉE, 16, RUE DU CROISSANT.

LE
PLAIDOYER DE PARIS

DEVANT LA FRANCE

Par CHRISTOPHE BERGERON

Oh ! de nos pleurs de sang que l'on rie à cœur joie !
Qu'on te traque, ô Paris ! comme un tigre sa proie !
Rien d'heureux ne sera qu'à l'aurore du jour
Où, mieux que dans la force, on croira dans l'amour !!!...
O Thiers ! écoute et crois, soit en paix, soit en guerre,
Rien ne sert le pays comme d'être sincère !
Il n'est qu'un port plus sûr que l'écueil des partis,
C'est d'unir l'humble au riche et la France à Paris !!!...

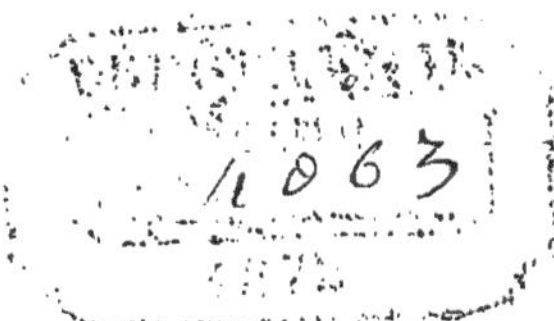

PARIS

IMPRIMERIE AUGUSTE VALLÉE

16, RUE DU CROISSANT, 16

—

1872

—

Propriété réservée

PROLOGUE

Abandonner les enfants pauvres à toutes les perversives influences de l'ignorance et de la débauche, les y laisser s'élever eux-mêmes comme de petits animaux dépravés, ne rien faire d'efficace pour les prémunir contre les suggestions subversives de l'intrigant déclassé qui, par calcul, tend de plus en plus à les transformer en machines à destruction pour s'en faire un marche-pied d'élévation au pouvoir du mal, est-ce qu'une telle incurie, de la part du monde intellect, a quelque analogie avec la sage prévoyance qu'un bon père de famille est tenu d'avoir pour ses enfants, et que tout législateur, digne de ce nom, doit consacrer à sauvegarder le peuple qui l'honore de ses suffrages?

Escompter le sang du prolétaire au profit, aussi décevant qu'égoïste, du capitaliste et du détenteur du sol, qui s'exemptent et se dispensent à prix d'or de tout service militaire, est-ce bien assurer par là la garde de nos frontières? Est-ce bien nous garantir des horreurs de l'invasion que d'ainsi l'armer contre nous-mêmes de toute l'irrésistible force que lui donnent nos propres iniquités?

Est-il quelqu'autre chose au monde d'aussi contraire à la conservation, au maintien de la suprématie d'un peuple combattants que l'inobservance, que le mépris qu'à son égard ses gouvernants osent faire de tous les devoirs que nous prescrit le droit? N'a-t-on pas trop oublié que ce n'est qu'en travaillant sans cesse à l'avènement de la justice distributive qu'une République anti-conquérante peut à jamais se rendre invincible.

Sans être absurdement égalitaire, le but constant qu'un législateur doit se proposer de poursuivre et d'atteindre, avant tout, n'est pas tant d'enrichir quelques particuliers que d'intéresser tout le peuple au maintien du bon ordre, et que de rendre, par là, toute la nation unie et dévouée à la cause de la félicité publique, en temps de paix, autant qu'elle doit être solidaire et valeureuse en temps de guerre, pour défendre ou reconquérir ses frontières envahies!

Le roi Louis-Philippe en disant, par la bouche de **M. Guizot** : « Enrichissez-vous, et vous serez électeurs, » a dit la plus compromettante monstruosité que puisse imaginer un chef d'État contre l'avenir du pays assez imprévoyant pour souffrir si peu de sagesse à la tête du pouvoir, pouvoir dont dépendent fatalement son honneur et sa sécurité, sa fortune et sa propre vie.

L'effroyable succès qu'obtint presque aussitôt la loterie du Lingot d'or n'a-t-il pas prouvé trop clairement, aux yeux du Corse et de ses complices, combien il leur était rendu facile de corrompre et de s'asservir la France?

Le règne de Machiavel est passé; celui de Gutenberg commence. Désormais c'est folie que de prétendre gouverner les hommes autrement que par la justice et par la persuasion.

Loin d'ici toute vaine prétention de dire rien que nos gouvernants ne sachent déjà mieux que moi. Néanmoins, cédant à l'essor de mon âme, je crois que, à cette heure, en France, pour concourir à la tâche commune, pour accomplir l'œuvre de triple régénération morale, physique, intellectuelle qui nous incombe, il nous faut encore plus de stimulant que de conseils. Car, quel que soit notre dévouement au salut du pays qui nous implore, nous avons tous plus ou moins besoin d'être encouragés dans nos efforts pour triompher des frénésies d'en bas, pour vaincre les résistances ou mauvais vouloirs d'en haut, pour rendre à notre malheureuse patrie tous les grands et nobles services qu'elle aime attendre du concert de nos bonnes volontés unies; et qu'elle est en droit d'exiger de tous ses enfants les mieux doués de talent, les mieux situés sous le double rapport de la fortune honnête et de la bonne réputation qu'ils se sont acquises. Le savoir, l'indépendance, l'honnêteté seront toujours trois conditions indispensables à tous les membres du corps dirigeant. Sans elles, les citoyens, même du plus haut rang, ne furent jamais pour leur patrie que ce qu'est un fils pervers pour une mère vertueuse qu'il afflige et déshonore.

D'après ce qui se passe si tristement en Espagne, nos perturbateurs de Versailles devraient bien un peu réfléchir, comme Paris, aux inconvénients de leur conduite provocatrice contre la République; conduite propre à précipiter de nouveau la France dans toutes les horreurs de la guerre civile, et dont ils se repentiraient trop tard.

Le plus grand des malheurs qu'une caste puisse susciter à la patrie, c'est d'exciter le peuple au mépris des lois; c'est de lui prêcher d'exemple l'insubordination à l'autorité légale: c'est de le pousser à tous les meurtres dont on se sent trop criminellement lâche pour s'en acquitter, pour perpétrer soi-même. Une telle machination, de la part des hautes classes, est d'autant plus odieuse, qu'elle innocente le vrai coupable pour déverser toutes les rigueurs des cours martiales sur la tête des dupes dont on s'est servi pour violer impunément la loi de son propre pays: C'est là le plus grand des malheurs, dis-je, parce qu'au cœur du peuple il sème la haine, d'où ne peut éclore un jour que d'affreuses représailles.

Bien que la majorité de l'Assemblée se compose, pour la plupart, d'hommes foncièrement très-riches, et que, avec la confiance que sa grande fortune inspire à nos envahisseurs, elle milite en faveur de la libération anticipée du territoire, tout cela lui conquère naturellement bien des droits à notre patriotique reconnaissance; mais ce n'est pas une raison pour qu'elle s'en prévale outre mesure contre la République. Le propre d'un bon citoyen

n'est pas de faire bénéficier son parti des occasions d'asservisse-
ment que les calamités publiques offrent aux aventuriers ; mais
bien d'en isoler les complices, en faisant le vide autour de quiconque d'entre eux se met hors la loi.

Hélas ! je vous le demande de bonne foi, mes chers lecteurs,
est-ce bien savoir ? est-ce bien vouloir s'entendre dans l'art sacré
de gouverner sagement un peuple, que de se mettre, de nouveau,
dans le cas d'y réduire encore si fatalement le civil et l'armée
dans l'horrible nécessité de s'entr'égorger tous les quinze ou
vingt ans ? ? ?...

N'est-il pas vrai que, pour en finir avec tous ses impitoyables
promoteurs d'égorgements périodiques, notre plus beau titre de
gloire devant la postérité sera d'avoir supprimé le remplacement
militaire et d'avoir rendu l'enseignement et le service obliga-
toires pour tous les Français ? Par la suppression de cette anoma-
lique substitution, sous les drapeaux, d'hommes sans aveu dont
le moindre défaut est de confier la garde de nos frontières préci-
sément aux mains des moins intéressées au maintien intégral du
territoire, par cette réforme, dis-je, nous raréfierons on ne peut
plus les cas de déclarations de guerres « à cœur léger. »

Oui ! du jour que tous les fils de grandes familles seront, comme
l'enfant de l'égoutier et du laboureur, indistinctement tenus par
la loi d'affronter les obus et la mitraille, dès ce jour-là nous ver-
rons leurs pères, c'est-à-dire nos gouvernants, y regarder à deux
fois. Et lorsque le malheur des temps exigera de nous la guerre,
tout y sera très-certainement mieux prévu, mieux préparé, mieux
résolu par eux pour la conduire avec plus d'avantage, comme
avec plus de sécurité.

Voilà ce à quoi nous devons songer à faire au plus vite
pour assurer, dans l'avenir, l'inviolabilité du sol de la patrie.
Quant au maintien de l'ordre intérieur, pour l'obtenir, il ne faut
plus nous borner à dire pompeusement comme le Corse : « De
l'ordre, j'en réponds ! » Tout le monde le reconnaît aujourd'hui,
ce n'est que sur une bonne éducation nationale, ce n'est que sur
une juste et ferme discipline militaire que nous pouvons défini-
tivement compter établir l'ordre d'une manière sûre et durable.

Mais, avec l'empire, quel ordre espérer chez un peuple abruti,
dont la classe prétendue éclairée a brisé le frein de la foi sans y
suppléer en rien par le flambeau de la science ? Science qu'elle-
même ignore ou brave dans ce qu'elle offre de plus utile et de
plus sûr aux mains des hommes studieux qui se font un devoir
d'éclairer leur pays, pays que l'ignorance et la débauche ont été
sur le point d'anéantir.

Singulier spectacle que celui que nous présentent les aberratifs
errements dont s'abuse notre société moderne ! On y fait simul-
tanément tout pour rendre, et les mœurs plus dissolvantes, et les
lois plus coercitives. Comme s'il nous était donné d'inculquer
aux lois la vertu d'amender des mœurs que nos ignorances et

nos vices ne cessent d'altérer. Que de fois, dans mon humble réduit, ne me suis-je pas demnadé jusqu'à quand le renversement de toutes les règles de la saine morale sera le fait de ceux-là mêmes qui, dans un sens inverse, devraient le mieux nous prêcher d'exemple.

Devienne et Grandperret se prêtant à toutes les turpitudes de l'empire, quel honneur en attendre pour la magistrature française? Et mon regrettable et regretté compatriote, l'auteur de Lucrèce, en acceptant, des criminelles mains d'un Bonaparte, une tabatière diamantée, pouvait-il ne pas s'attendre d'y priser la mort? Tout comme Cléopâtre sut l'attendre du venin de l'aspic qu'à ses yeux Antoine dissimulait sous des fleurs.

Dieu veuille que l'homicide rigidité du comte Dubourg, perforant sa femme adultère à coups d'épée, rue des Ecoles, Dieu veuille qu'un tel acte d'austérité cruelle soit la réhabilitation de Paris! Comme autrefois la mort tragique, mais nécessaire de l'innocente Virginie, poignardée au Forum par son père, fut le signe précurseur dont Rome recouvra sa grandeur et sa liberté!

Ah! si nos savants s'étaient toujours mieux ordonnés à parler raison à la foule des rues, au lieu de déblatérer contre elle dans leur académie, nous ne l'eussions certes pas vue, de nos jours, renouveler, dans Paris, cet épouvantable spectacle d'horreurs dont Néron et sa cour se réjouirent dans Rome en flammes. Horrible mais digne couronnement de l'empire, et dont les soi-disant conservateurs, de ces temps-là, ne manquèrent pas de se réjouir aussi, dans l'espoir d'en accuser le Christianisme naissant qui s'élevait, par son culte à la Vierge, comme une protestation divine, contre toute leur infernale débauche. Débauche, qui, comme chez nous, précipita si misérablement tout l'empire romain sous le joug ignominieux des barbares, qui l'envahirent. Ainsi, Dieu pare toujours d'une chemise d'amiante tout apôtre de la justice distributive. Qu'on le persécute, qu'on l'égorge ou qu'on le brûle, il restera toujours assez de son esprit dans l'âme des peuples désabusés pour avoir raison, tôt ou tard, des parasites *sinécuriens* qui le martyrisent.

Saturnales impériales, fantasmagories royales, sont deux expédients usés. Nos Talleyrand du jour oublient trop volontiers que devant le génie émancipateur des Gutenberg, des Salomon de Caus et d'Arago, tous les Machiavel du monde tombent à néant. D'ailleurs, n'y a-t-il pas assez longtemps que, dans nos épidémies révolutionnaires, on s'en prend impitoyablement à la tourbe du marais? L'heure n'est-elle pas venue d'attaquer sans détour les maîtres de la tourbière? c'est-à-dire, nous-mêmes qui ne faisons rien pour désinfecter le cloaque de l'ignorance et de ses vices qui nous défigurent et nous empoisonnent. N'est-ce pas à nous d'en arracher toute la masse de la nation croupissante?

Science n'oblige-t-elle pas tout autant que n'importe quel titre? Devons-nous tout savoir et ne rien vouloir? Est-ce à nous d'imiter la coupable incurie qui a perdu la superbe noblesse polonaise? Elle s'est perdue parce qu'elle n'a jamais voulu franchement s'unir aux paysans ni les appeler au secours de la patrie en danger, que quand il fut devenu trop tard pour la sauver. Le démembrement de la Pologne prouve une fois de plus combien en toutes choses l'excès nuit.

Là tout était l'extrême opposé d'ici : durant les péripéties de la guerre, la noblesse en Pologne, comme autrefois en France, volait au combat et s'y ménageait tous les honneurs du péril. Tandis qu'à présent notre bourgeoisie propriétaire ou capitaliste se prélasse sans vergogne, avec force lorgnon, cigarette et verre d'abétissante *absinthe*, dans des lieux de plaisance ; y passe son temps à pourrir les filles du peuple pendant que les fils de ce même peuple luttent et tombent par centaines de mille sur les champs de bataille pour une fiction, pour une chose ingrate, pour une patrie qui n'abrite ni ne sauvegarde que la vie infâme et contagieuse de cet opulent éhonté, de ce nouveau David, de ce lion qui porte des ongles aussi longs que ceux d'un oiseau de proie, comme pour prouver aux yeux de quiconque étudie et travaille qu'il a, lui, l'insigne honneur de vivre de honte, c'est-à-dire, de tous les plaisirs les plus dégradants que comportent la sottise et l'oisiveté.

Mais qu'on y prenne garde ! de même que l'aristocratie polonaise s'est perdue par son excessif amour pour ses prérogatives comme noble, et pour ses priviléges comme soldat, de même notre égoïste penchant pour l'exemption militaire et pour le monopole de l'éducation au profit des nôtres seulement, nous perdra sans retour si nous ne nous hâtons d'y renoncer.

Au fait, puisqu'aux yeux du public studieux toute la politique fallacieuse des princes est surannée; puisqu'avec l'imprimerie, la vapeur, l'électricité mises à la disposition de chacun, il n'y a plus de mystère gouvernemental au monde pour personne. Pourquoi, ô monarchistes de Versailles ! pourquoi vouloir encore dogmatiser ? Pourquoi nos hommes d'Etat voudraient-ils encore gouverner arbitrairement les peuples comme l'osaient faire les princes d'il y a deux mille ans ? Princes aussi malheusement inspirés que méchamment intentionnés, et qui, sauf quelques rares exceptions que j'honore dans Marc-Aurèle, ne surent jamais régner que par le crétinisme des masses, que par la férocité de leurs bandes mercenaires.

Le prince de la science antique, Aristote, lui-même, n'osa-t-il pas poser à l'Aréopage cette question négative de tous les droits naturels inhérents à notre espèce d'être intelligent : Qui planterait nos choux si nous n'avions pas d'esclaves? Voilà pourtant où en sont encore nos Aristotes modernes! Car, qu'on dise esclave, îlote, paria, serf, prolétaire, etc., à peu de nuance près, le nom ne change rien à la chose. Mais ce qu'il y a de compromettant dans ce jeu-là, c'est qu'aussi longtemps qu'on laissera les masses à l'état d'ignorance et de sauvagerie, nous n'aurons qu'à trembler devant elles. Et, cependant, plus que jamais nous sommes pour avoir besoin de leur héroïque concours pour combattre l'irréligion qui nous bestialise et pour vaincre l'ennemi commun qui nous menace.

Qu'en pensez-vous, lecteurs? d'après l'affligeante pénurie d'hommes supérieurs que nos récents désastres ont révélés si tristement à la France, devrions-nous songer à suivre ni de près ni de loin la marche anti-patriotique que souvrit dans le sang et dans la honte ce vil flagorneur de la lie la plus abjecte, ce dernier prince des forbans qui, pendant vingt ans de turpitudes dorées, prit à tâche d'abaisser tous les Français jusqu'à lui???

Tant que l'Allemagne et l'Italie restèrent morcelées, tant que la Papauté fut presque chose à part, tant que nous sûmes nous attacher le monde chrétien, nous restâmes relativement forts devant tous nos voisins. Voisins avec lesquels nous n'avions, dans ces conditions-là, qu'à vouloir agir toujours équitablement pour pouvoir toujours jouir sûrement de cette paix perpétuelle dont l'élève de Jean-Jacques Rousseau nous parle avec tant de passion, et qu'il nous conseille avec autant de raison pour les princes que d'humanité pour les peuples que la guerre décime, appauvrit, déprave, asservit et déshonore, quand elle ne les éparpillent pas sur la terre étrangère comme de misérables vagabonds.

Mais, enfin, puisque le malheur a voulu qu'on laissât ce misérable, dans l'intérêt mal entendu de sa dynastie, nous brouiller avec toutes les nations ; puisqu'on a si lâchement souffert qu'il détruisit l'équilibre européen au propre détriment de la France, n'est-ce pas à nous d'y remédier? n'est-ce pas à nous d'instruire le peuple ? et d'accroître sa vitalité ? pour nous en faire un digne auxiliaire de combat dans l'inévitable guerre qui nous attend sur les bords du Rhin ?

Défions-nous donc de cet aveugle volcan dont le cratère nous menace de Versailles, dont les laves bouillonnent par toute la France, dont bien des Plines pourraient périr. Une bonne et dernière fois, tenons-nous tous pour bien avertis que, de toute imprudente compression exercée d'en haut contre les légitimes aspirations d'en bas, il ne peut que surgir, par des explosions de plus en plus meurtrières, des Spartacus et des Catilina, des Félix Pyat et des Jules Vallès. Et pour l'honneur de notre mémoire, nous devons craindre autant que Dieu qu'il ne se trouve pas toujours des Cicéron et des Pétreius pour sauvegarder Rome, ni des Thiers, ni des Mac-Mahon, pour délivrer Paris.

PLAIDOYER DE PARIS

DEVANT LA FRANCE

————·· ∞ ··————

I

Phare du monde, ô Paris! prête-moi ton flambeau!
Prête-moi l'air plaintif, sépulcral du tombeau!
Fais de moi le vengeur de ta gloire sacrée!
Fais qu'on ne voie là-bas qu'une Chambre égarée!
Fais que la France en deuil se voue aux nobles cœurs!
Et d'un sauveur cruel triomphons des fureurs!
Car tout n'est que complot, rien au grand jour s'étale;
Partout, d'hommes sans foi ceignent l'arme fatale,
L'aiguisent sans pitié pour t'en donner la mort;
Tel est l'horrible abîme où la France s'endort!!!

Je sais que dans tes murs grouille une race immonde,
Je sais qu'en toi croupit le cloaque du monde,
Je sais ce qu'en ont dit tes lâches détracteurs;
Mais pour fermer la vanne aux égoûts collecteurs,
Mais pour désinfecter la cour qui t'empoisonne,
Mais pour qu'hors du travail n'ose briller personne,
C'est à toi d'être en Dieu l'ange d'attractions,
C'est à toi d'être pur aux yeux des nations.
O Paris! que d'excès souille ton diadème!
Crois-moi, suis l'humble avis d'un inconnu qui t'aime.
Crois-moi, plutôt qu'aimer tous plaisirs immoraux,
Fais qu'en émoi ton cœur se déchire en lambeaux!

En vain, comme Carnot, Gambetta crut qu'en France
Bondirait pour lutter notre antique vaillance;
Vingt ans d'excès abjects et de lâches torpeurs
N'ont pu qu'avilir l'âme et ramollir les cœurs.
Officiers de salon, généraux de spectacle,
N'enseignant aux soldats que débauche et débâcle,

Et, cedant à la peur qu'inspire le danger,
Durent passer sans honte au joug de l'étranger.
C'est la loi ; nul n'est fort s'il vit dans la mollesse,
Nul ne vainc l'ennemi s'il ne croit en rudes
Qu'un Corse ait pourri tout ; à Dieu de tout créer ;
Au peuple à réagir, à toi d'y suppléer ;
Autant tu fus léger, autant sache être austère,
La France espère en toi, Paris, sois-lui sincère !
Qu'aimer la République et qu'exécrer Césars
Soient l'œuvre au prix d'honneur dont t'illustrent les arts.
Que vouloir soit pouvoir, qu'un ordre heureux se fonde,
Que l'astre qui t'éclaire illumine le monde !
Que de la ville au champ, on s'unisse au pays,
Qu'au pilori des rois soient cloués les partis !
Fais que l'amour du vrai t'ouvre au jour ta vraie voie ;
Elle seule est la fleur dont nous renaît la joie ;
Elle seule a l'éclat qu'on ne peut éclipser ;
Mais qu'hors d'elle, ô Paris ! on tend à t'abaisser !

II

Jusqu'où veut-on pousser tant d'audace cynique,
De t'opposer un prince ? ô sainte République !
Jusqu'à quand verras-tu tes enfants t'outrager ?
Et, pour servir la Prusse, encor s'entr'égorger ??? ...
L'étude et le labeur des vrais biens sont la source ;
Mais du faste des cours escompter la ressource,
Mais d'un trône de sang attendre tout bonheur,
Ciel ! pourquoi tant de deuil pour subir tant d'horreur ?

O mon pauvre pays ! que tes fils sont avares !
Qu'avec nos faux progrès nous retombons barbares !
C'est à qui ne paîra le prix de ta rançon ;
C'est à qui du passé bravera la leçon ;
Hé ! que dois-je espérer d'une époque folâtre
Qui du temple des lois ose faire un théâtre
Et, débitant son rôle et riant de tes maux,
De l'olivier sacré foule au pied les rameaux ???

Dieu veuille qu'à ma voix tous t'immolent leur haine !
Que tous soient au pays comme un fleuve à la plaine
Qu'il irrigue et féconde et qu'il fait refleurir !
Pourquoi, « d'un cœur léger, » pourquoi tant nous flétrir ?
C'est qu'on veut trop jouir, c'est qu'avant tout on dîne ;
On étouffe l'esprit sous le cœur qui s'avine ;
On joue, on fume, on rit, tandis qu'aimait l'ancien,
.A jeun, légiférer en vrai patricien.
Oui ! plus que les milliards coûte l'intempérance ;
Soit qu'elle ouvre la plaie où saigne encor la France,
Qu'elle énerve le corps, étiole l'esprit,
Elle est l'arrêt de mort de ceux qu'elle appauvrit.

III

Hélas ! si du progrès contre Dieu l'homme abuse,
Si. l'ignare intrigant pose en science infuse,
Que moi, par mille efforts, que toi, par ta clarté,
En démasquions l'astuce et la perversité,
O Thiers ! entends Paris, qu'en ma voix il t'implore !
S'il fut pour nous la nuit, pour lui soyons l'aurore !
Soyons pour toute erreur le fleuve de l'oubli !
Fais qu'on dise de nous : « Ils ont tout ennobli ! »
Oui ! soyons l'ange heureux qu'un vain peuple blasphème ;
Mais du prêtre égaré, conjurant l'anathème,
Osons, osons flétrir toute adulation,
Osons d'un prince altier vaincre l'ambition
De perdre le pays, de ceindre une couronne :
Où plus l'honneur s'enfuit plus la honte foisonne.

Après qu'il eut livré Louis-Seize au bourreau
Philippe-Egalité qu'obtint-il ? L'échafaud !
Charles-Dix est proscrit ! puis Philippe s'exile !
Et Cicéron prétend que l'histoire est utile ?
Moi, loin d'y voir un bien, je dis qu'aux mains des rois
L'histoire n'est qu'un jeu pour éluder les lois.
On prétexte égaler des aïeux magnanimes.
On se rue au pouvoir, on s'abandonne aux crimes,
Au pauvre on promet tout, au riche on offre appui,

Tel fut tout prince hier, tels ils sont aujourd'hui,
Tacite et Juvénal ont beau montrer l'abîme,
Tant qu'est des prétendants le peuple en est victime.
Mais puisque tout poëte est l'écho de son temps,
Mais puisque tout prophète est l'effroi des tyrans,
Mais puisque d'Orléans divise et perd la France,
Je crois un Dieu vengeur ! terrible est sa sentence !

IV

O d'Orléans ! dis-moi, que t'offre d'attrayant
Navire de nos os? mer de pleurs et de sang ?
Veux-tu donc à tel prix t'ancrer une couronne
Comme un stigmate au front que le crime y poinçonne ???
Ah ! du peuple indigné reconnais mieux l'ardeur :
Il est l'ange du juste, il est le dieu vengeur !
D'exemple il sert aux grands, d'émule il sert au sage ;
Princes ! dans le danger quel n'est pas son courage ?
Combattre avec la faim, au froid toujours lutter !
Qui de vous, sans pâlir, eût oser l'affronter ???...
Ah ! qu'on vit bien de fiel, qu'on trahit bien son maître,
Quand le peuple est livré, comme en pâture au traître !
Judas, pour se laver, ose en vain le salir ;
Ce n'est qu'en le trompant qu'on l'a fait s'avilir !
Moi, né dans les bas fonds, je n'ai d'orgueil ni honte :
Vers l'humble je descends, vers l'opulent je monte ;
Partout d'un même accent je blâme, je flétris
Quiconque ose du peuple égarer les esprits.
Est ce sa faute, à lui, s'il n'a su qué détruire?
Pourquoi tant l'abrutir ? pourquoi pas mieux l'instruire ?
Oui ! riches et savants, chez tout peuple sont rois :
Ils inculquent leurs mœurs, ils imposent leurs lois;
C'est d'oser trop compter sur l'or, sur l'artifice,
Que Dieu les fait tomber des splendeurs au supplice.
Le meurtre de Lecomte et la fin de Thomas
Prouvent d'en haut l'erreur et la fureur d'en bas ;
Partout l'aveuglement trompe, excite aux carnages;
De là court la crapule égorger les ôtages.

Oh ! qu'ici du néant j'aime élever ma voix,
Pour l'intègre Bonjean ! pour l'illustre Darboy !
Et que j'aime ouïr Christ maudir en leur souffrance,
D'en haut l'inepte orgueil, d'en bas l'âpre ignorance.

Quoi ! de la France en pleurs redéchirer le flanc !
Nous arracher la vie, extorquer notre argent !
Fermer l'oreille aux cris de l'Alsace-Lorraine !
Tout ça pour toi n'est rien ? que veux-tu ? — Mon domaine ???...
Ah ! d'Orléans, crois-moi ! loin d'attiser le feu,
Loin d'irriter le peuple et de trahir mon Dieu,
Sois moins petit pour toi, sois plus grand pour la France,
En être roi ???... mieux vaut hâter sa délivrance !!!...
Ramer contre les flots, s'effondrer sur l'écueil ;
Poursuivre un trône d'or, n'y trouver qu'un cercueil ;
C'est des forbans, des rois, c'est la tragique histoire !
Oui ! crains ton ange en moi, pour la France aime y croire !
Dieu m'a tout révélé, rien n'est secret pour moi :
Des rois je suis le juge et des peuples la loi.
J'aime unir tous les cœurs, pacifier le monde ;
T'y verser à torrent l'amour dont Dieu m'inonde !

Bien qu'enivré d'orgueil qu'encensent tes flatteurs,
En sens-tu moins venir ce spectre des terreurs
Qu'escortent les remords, qu'annonce la torture
Dont Dieu, dans sa justice, accable le parjure ?
Si tu savais au point qu'on te hait comme roi
Combien plus triste encor te serait tant d'effroi !
On dit que tes suppôts t'ont immolé la France ;
On dit que des Prussiens tu nourris la vengeance,
Pour chasser un vil Corse et pour le supplanter ;
On dit, enfin : « Mourons ! plutôt que t'accepter !!!...»

V

Prince, écoute un conseil, crois-moi, je suis sincère :
Veux-tu qu'à l'avenir au Corse on te préfère ?
Loin d'armer contre nous ces tristes légions,
Crois la France en ma voix, suis d'autres régions :

« Oh ! par pitié, crois-moi, crois ta mère en détresse !
» Assez d'horreurs, mon fils, t'allèrent ma tendresse !
» Crois-moi, d'un Stanislas fuis le rôle odieux !
» Camille excusa Rome, et d'un front radieux
» Sut de Coriolan écouter la prière !
» Et toi, tu serais sourd aux sanglots de ta mère ???
» Ah ! puisse un flot de sang t'être à jamais sans bord !
» Qu'horribles soient tes jours ! effroyable ta mort !
» Ton navire y sombrant, qu'auras-tu pour patrie ?
» Jamais d'un fils maudit Dieu bénit-il la vie ?
» Ah ! loin de t'avertir, qu'on étouffe ma voix !
» Qu'on t'excite à trôner ! qu'on te hisse au pavois !
» Mais qu'au fond du néant tant d'orgueil t'entraîne !
» Que toute âme indignée au pilori t'enchaîne !
» Qu'ainsi que de Pilate on exècre ton nom !
» O mon fils, sur quel dieu fondes-tu ton pardon ?
» Est-ce unir ton pays qu'y diviser les braves ?
» Est-ce obéir aux lois qu'y forger tant d'entraves ?
» Est-ce y rétablir l'ordre ? Est-ce donc un devoir
» Que d'enseigner au peuple à braver le pouvoir ?
» Conspirer au grand jour, tramer dans les ténèbres,
» Ourdir contre le droit tant de desseins funèbres,
» Ruiner ton pays, n'y semer que terreur,
» Qu'afin d'y succéder au plus vil empereur ?
» Quoi ! tu prétends du simple exploiter l'ignorance ?
» Toi, seul par Machiavel t'affubler de science ?
» T'imposer par l'astuce et régner par le fer ?
» Opposer terre et ciel, éterniser l'enfer ?
» Fouler l'ange à tes pieds, traîner l'humble en la fange ?
» Forcer enfin qu'un jour Dieu contre toi me venge ! »

VI

Qu'ainsi veuille la France, écrasant tout suppôt,
T'encrer au front des rois, invective d'Hugo !
Malheur au prétendant que l'audace fourvoie !
Malheur au fourbe osant au traître ouvrir la voie !

Malheur aux courtisans! aux intrus sans aveu!
Malheur à vous, ô grands! qui vous raillez de Dieu!
Quoi! vous rendez le peuple ignare, abject, impie,
Quoi! vous doutez qu'encor tant d'errement s'expie?
Et vous l'osez flétrir comme un vil criminel?
Ah! tremblez qu'il n'en soit plus terrible et cruel!

Ni loi d'exception, ni prison préventive,
Ni juge, ni bourreau, n'arrêtent l'âme active.
Science de la force! art d'horrible action!
Vous avez beau tuer avec précision,
Jeter aux vents nos os, joncher des cimetières,
Toujours l'esprit vengeur broyera vos sicaires!
Oui, grâce à vos complots, grâce à vos plans affreux,
Grâce à l'iniquité de votre ordre odieux,
Les rois étant sans frein, les peuples sans croyance,
Les cœurs noyés de fiel ne rêvent que vengeance.
En vain vous vous garez, en pourchassant les loups,
Dieu l'a dit, tous vos fils périront sous leurs coups.

Quoi! depuis vingt mille ans vous vous jouez du monde?
Par vous tout est croulant, par vous rien ne s'y fonde,
Par vous l'humble est risqué, par vous sombre l'État,
Et nous verrions vos fils s'exempter du combat???
Ciel! plutôt qu'endurer tant d'atroce injustice,
Plutôt qu'à tant d'horreur joindre encore l'artifice
Plutôt que d'obéir à de si tristes lois,
Dis, dis pourquoi ne pas engloutir tous les rois?

Est-ce quand la patrie est par eux expirante,
Est-ce quand sa grande âme en la nuit pleure errante,
Qu'il faut ternir le jour et tarir l'équité
Pour se couvrir d'opprobre et d'immoralité?
Non! pour t'absoudre, ô France! il faut d'un cœur austère
Fuir le faste des cours, alléger la misère,
Au droit de s'éclairer donner accès à tous,
Parler raison au peuple, et l'attirer à nous,
Lui rendre des devoirs l'étude obligatoire,
Voilà ce qu'il te faut! Mais jouer au prétoire,

Innocenter le crime, accabler l'innocent,
Honnir l'esprit bénin, sacrer un vil forban,
Feindre aimer ce qu'on hait, toujours donner le change,
Saper l'ordre établi, faire que nul s'y range,
Insulter la patrie, en parler sans pudeur,
Jusqu'à lui contester ministre, ambassadeur ;
Nous brouiller, nous trahir, nous priver d'alliance,
Est-ce là pour un prince un acte honnête ? ô France !
Est-ce panser ta plaie ? est-ce là nous unir ?
Est-ce aimer d'heureux jours, t'assurer l'avenir ?

VII

Ah ! que maudir les rois c'est bénir ta vengeance !
C'est t'enflammer d'espoir, c'est t'armer de vaillance,
C'est grandir tes efforts, servir ta liberté,
C'est, en un mot, t'aimer ! ô sainte adversité !
Rends aux esprits l'essor, rends aux corps le courage,
Rends aux soldats l'ardeur de venger tout outrage,
Fais qu'un jour tous, Français, nous tendions au seul vœu
Et de briser nos fers ! et d'affronter le feu !
Oui ! poudre, plomb, fusil, boulet, canon, mitrailles,
Osons fondre et forger, osons croire aux batailles !
Osons croire à l'honneur, osons croire aux hauts faits
De vaincre l'ennemi, de conquérir la paix !
D'arborer l'étendard que nous offre la gloire !
De n'abuser des droits qu'assure la victoire ;
De n'être point cruels, mais toujours généreux,
Nobles, justes, prudents et surtout valeureux !
Car c'est de vivre armé, car c'est d'être sévère
Qu'on s'assure la paix, qu'on s'évite la guerre,
Qu'on marche indépendant, qu'on croît en liberté,
Qu'on est comblé de gloire et de prospérité !

VIII

Mais n'oublions jamais qu'il faut une croyance,
Qu'il faut croire au bonheur, qu'il faut croire à la France,

Peuple athée est trop lâche, impie il est sans vœu,
Il descend trop aux rois pour monter jusqu'à Dieu.
Ah ! s'il pouvait un jour te connaître, ô nature !
Des merveilles des cieux s'il scrutait la structure,
Qu'alors il serait grand, qu'alors il serait fort,
Pour s'affranchir des rois, pour triompher du sort !
Descartes, Arago, Copernic, Ptolémée,
Et Christophe Colomb et le grand Galilée,
Combien n'ont-ils légué de génie et de foi ?
Et révélé d'amour et d'harmonique loi ?
Et mis d'heureux pouvoir aux mains de la science ?
Mais pour t'en couronner, mais pour t'en oindre, ô France !
C'est d'élever ton cœur, c'est d'éclipser, comme eux,
Quiconque abrutit l'âme, et te ravit les cieux !
Oh ! monte, monte au jour ! planons ! suis mon délire !
C'est par lui qu'à trente ans je dus m'apprendre à lire
Et, sans savoir penser, m'ériger en auteur,
Et te servir d'étoile et d'ange inspirateur !
Oui ! fouillant terre et ciel, j'ai vaincu l'ignorance !
J'ai pu par tant d'ardeur tant m'armer de science,
Qu'osant du mont sacré gravir l'âpre revers,
J'ai vu l'homme sans Dieu des châteaux, des chaumières,
J'ai vu comme un torrent l'envahir nos misères ;
Et l'inonder des pleurs dont ruissellent mes vers !

Oui ! j'ai vu prince et peuple à même erreur en proie :
L'un vise au trône d'or, l'autre aux filles de joie.
Flottez, ô passions ! grondez, ô mers sans bord !
Pilote et passagers, sombrez tous hors du port !
Qu'en vain le naufragé lutte, aspire au rivage !
S'il survit imprudent, s'il déserte la plage,
Pour flotter à vau-l'eau, pour braver foudre et vent !
Partout l'homme sans frein est stupide et méchant.
Oui, doué d'esprit vain, de malfaisant génie,
S'il ose, au gré des grands, profaner l'harmonie,
S'il encense l'horreur, s'il chante l'odieux,
Tout'peuple qui l'admet doit périr malheureux.
Ah ! que n'ai-je à punir journalistes, prophètes,
D'infâmes courtisans, de libertins poëtes,

Qui, ravalant la France aux instincts des vils cœurs,
Ont seuls, avec le Corse, ourdi tous nos malheurs.

IX

Qu'un monarchiste outré soit tout fiel et rancune,
Qu'il t'ose, ô République ! insulter en tribune,
Qu'encor l'Académie ose, en réception,
Maudire et comprimer ta sainte éruption ;
Et contre toi qu'un prêtre y déblatère et tonne,
Tout cela se comprend, là n'est rien qui m'étonne.
Si l'un vit dans les soins, l'autre dans l'abandon,
Si l'un rêve échafaud, l'autre grâce et pardon,
Comment concilier tant d'opinions contraires,
Si toujours du boisseau l'on couvre nos lumières ?
Si toujours par la nuit l'on tend à louvoyer,
Est-ce aimer, vivre en paix, que toujours guerroyer ?
Est-ce éteindre un volcan qu'en huiler le cratère ?
D'en attiser la lave est-ce assez téméraire ?
La loi du calorique, armant l'explosion,
N'a-t-elle assez vomi de mort, d'affliction ??? ...
Ah ! qu'à tout bon génie autre devoir incombe !
Lorsqu'au bord du néant l'édifice surplombe,
Lorsque tout s'y disjoint, n'est-ce à nous d'être unis ?
N'est-ce à nous d'étayer et d'y porter appuis ?
Quand gronde le courroux, quand l'arche est en détresse,
Quand l'équipage y tombe en oisive tristesse,
A qui le gouvernail incombe-t-il de droit
Si ce n'est à qui rame en pilote qui croit ?
A lui port et salut, aux sots vains simulacres ;
Aux grands d'être plus prompts, d'être moins idolâtres,
D'être esclaves des lois, d'être l'ange des mœurs,
D'être pour le pays d'heureux libérateurs.
Telle est pour vous, ô grands ! telle est la loi divine !
Qu'à ce prix, devant vous, tout un peuple s'incline ?

Mais si comme au passé vous régnez en tyran,
Si contre l'avenir vous armez le présent,

Si, n'osant diriger le torrent vers la plaine,
Vous le barrez au mont, que son flot vous entraîne,
A qui vous plaindrez-vous d'être pris à tel jeu
Dont vous êtes l'auteur, dont vous serez l'enjeu???...
Qui vous parle, deux voix ? moi, je n'en connais qu'une
Dont Dieu dit à mon cœur : « Bannis toute rancune !
» Aime à parler patrie, amour, concorde, paix !
» Que tous d'un poids si lourd, que tous portent leur faix !
» Tous se sentant punis, tous deviendront plus sages !
» Rien n'amende si bien qu'être atteint des dommages !
» Que contre un siècle d'or sévisse enfin ma loi !
» Que l'expiation t'élève jusqu'à moi !!!... »
Telle est la voix du Dieu que j'entends, que j'adore !
Que pour les grands, je prie, et qu'en moi l'humble implore !
Oui ! contre l'art du meurtre, et la nuit du tombeau,
J'offre aux rois sa houlette, aux peuples son flambeau.
Oh ! qu'à ses doux rayons tout s'éclaire et féconde !
Que s'éclipsent les rois ! que s'élève le monde !
Que de la terre au ciel, tout s'exalte à ma voix,
Que tout sceptre se brise ! et s'allégent nos croix !!!...

X

Qu'un prêtre ambitieux, qu'un obscurant perfide,
Ose encenser des grands l'âpre intérêt sordide ;
Mais qu'avec nous Jésus soit humble et bon pasteur,
Tout pâtre à son troupeau doit paix, repos, bonheur !
Dans la vallée en fleurs, dans la verte prairie,
Quand beugle le taureau, bêle la bergerie,
Prestement, ô berger ! va t'enquérir pourquoi,
C'est en courant aux loups que tu vaux mieux qu'un roi.
Car, au vain sceptre d'or, préférer ta houlette,
Loin d'attiser le feu, conjurer la tempête,
Travailler pour qui pense, et veiller pour qui dort,
Être actif, vigilant, t'armer contre le sort,
Servir d'exemple aux grands, aux peuples de modèle,
Rester bon, mais sévère, et constamment fidèle,
C'est te faire adorer de ces pauvres troupeaux,
Que tant de loups cruels déchirent en lambeaux !

XI

O ma France chérie! entend ma voix sacrée!
Elle est l'écho béni de l'Alsace éplorée!
Elle est pour toi, Lorraine! elle est pour toi, Paris!
Elle est pour dénoncer la tourbe des partis!
Qui t'assimile au roi, qui te ravale au traître,
Qui trônant dès ce jour, demain va disparaître,
Pour toujours et partout patauger dans le sang,
Est-ce donc au plus vil qu'est dû le premier rang?
Bref! au moins le brigand sur la route a l'audace
D'attaquer au grand jour, de frapper dans l'espace,
D'oser risquer sa vie en voulant vous hâter,
Mais quel prince à tel prix se peut innocenter ?
Lui qui, minant l'État, rit du peuple qui tombe,
Lui qui fait du pays une horrible hécatombe
Des victimes qu'en l'ombre il fit s'entr'égorger
O France! un tel forban prétendrait te venger ???...

XII

Ah ! lorsqu'au doux printemps vierge ou fleur se colore,
Lorsqu'au jour renaissant l'oiseau chante l'aurore,
Ni le parfum des fleurs, ni le charme des voix,
Rien pour l'homme effréné, rien fixe-t-il des lois ?
Non! d'excès en excès, il se perd en vengeance.
Pour lui, tout à prix d'or, n'est qu'opprobre, impudence.
Il n'aime à respecter que ce qui l'y contraint,
De là ces lois de sang qu'arment tant d'assassins !
De là, court tout vil prince au jeu de perfidie,
Dont l'issue en son cœur n'est qu'âpre tragédie.
Dieu ! puisses-tu pour l'âme alterner l'heureux cours !
Moins sombre étant la nuit, plus sereins soient nos jours !
Et tel que l'astre en feu s'il souffre aux nuits des voiles,
S'il nous prête ombre et jour, s'il en donne aux étoiles,
Qu'il veuille unir les cœurs ! homme et chose embrasser !
Mieux faire aimer l'amour, et nous l'éterniser ! ! !

Plus d'ennemis dehors, dedans plus de faux-frère !
L'accord qui règne au ciel, qu'il dirige la terre.
O Firmament! dis-moi, pourquoi pas t'imiter?
Pourquoi si peu s'unir? pourquoi tant se heurter?
Pourquoi de peuple et roi, tant d'homicide haine
T'invoque, ô Liberté! pour t'accabler de chaîne?
Pour souiller tes autels, fausser ta mission,
Leurrer un peuple abrupt, flatter sa passion,
S'en faire un marche-pied, l'exciter au carnage,
O sainte Liberté! qu'ainsi l'ogre t'outrage!

XIII

Vil matérialiste! ô sceptique éhonté!
Sur notre âge avili que vos coups ont porté!
L'Europe est aux abois, la France est consternée,
L'âme vierge à nos pieds en vain s'est prosternée,
Pour vous, fange est encens, bouge est temple du goût,
Vous avez, jusqu'à Dieu, tout souillé dans l'égoût.
Puis, en libres penseurs, pour dorer vos registres,
Puis, d'orateurs de club, pour devenir ministres,
Vous braillez, vous rampez, vous jouez à tel jeu,
Dont tout prince est comparse et tout peuple l'enjeu.
Oui! c'est par tant d'excès qu'on se perd dans l'orgie,
Qu'on meurt de despotisme ou de démagogie!
Qu'ose un prêtre aveuglé prodiguer l'anathème,
Jamais l'iniquité n'eut pour fruit que blasphème.
C'est d'être en butte aux coups machinés par les rois,
Que le peuple est si dur et féroce à la fois.
Dieu! par nos saints devoirs qu'éclaire ta science,
Pour dissiper l'erreur, pour chasser l'ignorance,
N'est-ce aux grands d'enseigner? n'est-ce au prêtre à bénir!
Nous faire t'adorer? et non pas nous haïr ???...

XIV

Par tant d'aversion dont s'arme la vengeance,
Pour pactiser l'Europe et diviser la France,

Est-ce à nous d'oublier que douter c'est mortel ?
Simuler un faux culte, oser dorer l'autel,
Fouiller en vain le sol, enrichir l'industrie,
Elever l'intrigant, abaisser la patrie,
Laisser l'infect égoût submerger le parvis,
O Lycurgue ! ô Solon ! est-ce là votre avis ???...
Quoi penser d'un tel gouffre où flotte à la dérive
L'arche où pirate un jour vers toute épave arrive ?
Soudain riche, influent, au monde il fait la loi,
Il est vain, sot, dur, vil, mais par l'or il est roi.
Eh ! c'est nous qui tressons l'infamante couronne
Qu'à de tels forbans l'ignorantisme ordonne ?
O Thiers ! écoute et crois la France en mes sanglots !
Laisse aux nuits l'obscurant, du jour versons à flots !
A moi peine et douleur, à toi force, éloquence !
Je suis l'astre au souffrant, sois le phare de France !
Laissons de peuple et roi déchirer le bandeau !
Laissons Lazare et Christ s'arracher du tombeau !
Oui ! de l'enfer au ciel, bondissant de sa chute,
Qu'heureux soit le pays ! qu'il renaisse au vrai culte,
D'oser vaincre, gravir l'échelle de Jacob,
Et de préférer tout au vil fumier de Job !
Avec un point d'appui que ne peut Archimède ?
Avec l'art de guérir que ne peut le remède ?
C'est d'aimer s'éclairer, c'est de croître en savoir,
C'est d'oser franchement se conduire au pouvoir !

XV

Chasser loin de nos camps l'empoisonneuse absinthe,
Nous tous régénérer de sobriété sainte,
Faire qu'il ne soit plus d'abjects petits-crevés,
Qu'alors nous serons forts ! mais soyons réservés !
Ah ! loin de profaner dogme saint, temple auguste,
Combien avec bon sens mieux vaudrait penser juste !
Moins brailler, mieux agir, nous prêcher d'action,
Pour tout noble orateur, c'est la perfection.
Et s'il aime à plaider pour le droit légitime,
Et si d'effusion s'épanche, il s'exprime,

S'il parle amour, patrie, espoir et liberté,
Est-ce bien à Paris qu'il n'est point écouté ?
Paris ! toi, qu'on honnit ! Paris ! qu'a fui la France !
Paris, qu'arme la foi ! qu'épure la souffrance !
Suivons Christ, ô Paris ! laissons aux morts les morts !
Qu'on décapite Jean ! qu'on mutile son corps !
Dieu pourvoit tout martyr d'un linceul d'amiante.
Périt tout vil bourreau, survit tout âme ardente,
Et défiant le glaive et triomphant du feu,
Si l'humble est roi des rois, s'il brille et vit de peu,
Sa vie est le labeur, sa mort est la semence
Qui du champ de repos font germer la science.
Le chêne naît du gland, le fleuve des ruisseaux
Et tout progrès latant milite en des tombeaux.
C'est de là qu'il ordonne et dirige le monde ! ! !...
Mais qu'en vain siffle, obus ! mais qu'en vain, canon gronde,
Non ! gouverner par vous n'est point l'art de régner !
Non ! quoi qu'on ose ourdir pour nous y résigner,
Opprimés et martyrs renaîtront de leur cendre !
Oui ! l'heure du châtiment ne peut se faire attendre !
Oui ! de se prévaloir d'un droit, d'en mal user,
C'est vouloir en périr, c'est s'en faire écraser !

XVI

Autant pour l'égaré nous sommes charitables,
Autant pour tout suppôt soyons inexorables !
Pardonnons à l'erreur, mais frappons sans pitié
Quiconque ose à prix d'or prêcher l'inimitié.
Q'union ! union ! soit le cri de la France,
Au cœur n'ayons qu'amour, dans l'âme qu'espérance !
Et que prince et seigneur soient soldats citoyens,
Sauvons notre pays ! sacrons tous les moyens !
Mais, quoi ! des préjugés toujours l'omnipotence
Prétend brouiller des cœurs l'accord et la constance ?
Ah ! qu'on vive de fiel, qu'on s'enivre d'encens,
Qu'on soit tout au sophisme, à nous d'être au bon sens.
Oui, Thiers ! crois, prends mon âme, armes-en ta parole ;
Tout succès suit l'auteur qui domine son rôle ;

Mais, provoquer l'arène et s'y barder de fer,
N'est-ce, entre terre et ciel, éterniser l'enfer???

XVII

O doux plaisir d'aimer ! O saint désir de croire !
D'oser vous célébrer ternirai-je ma gloire ?
Pèlerin, au désert suivrai-je en vain ton cours ?
Sans but, irai-je, Écho, t'ouïr chanter toujours ?
Courage, ô voyageur ! marche au but du voyage,
C'est l'immortalité ! Dieu la réserve au sage ;
Courage, aimons des cœurs exclure tous loisirs,
Au plaisir d'être aimés borner tous nos désirs.
Moins pervertir l'esprit, mieux éduquer l'enfance,
Former d'heureux talents, propager la science,
N'en jamais préjuger, mais l'observer toujours,
Endiguer le torrent, en diriger le cours.
Consoler tout malheur, charmer tout bon génie,
Léguer pour sceptre un luth, et pour loi l'harmonie,
Eclairer peuple et roi, détrôner le bourreau,
N'est-ce, ô saint Evangile! agiter ton flambeau ?

Oui ! si du talisman nous n'avons la puissance,
Ni l'arche de Noé, ni l'arche d'alliance,
Ni le bûcher ardent, ni la verge d'Aaron,
Ni le serpent d'airain, ni le bras de Samson,
Nous avons devant nous des forces mécaniques,
Les sciences, les arts et les mathématiques
Qui nous tendent leurs bras de génie et de fers
Pour sauvegarder l'homme et finir l'univers !
Que Dieu n'acheva pas pour nous laisser la gloire
De penser, d'espérer, de travailler, de croire,
Afin d'aller à lui par l'attrait du labeur,
Et d'établir ainsi notre propre bonheur!!!...

XVIII

Oh! si d'un siècle d'or je fuis le faux mirage,
Et si des passions j'ose affronter l'orage,

Serai-je mieux goûté d'un autre âge à venir?
Ai-je tort ou raison d'aimer tout ennoblir ?
Sans trembler pour la paix, sans redouter la guerre,
Peut-on s'astreindre au joug qu'osa forger Voltaire?
Insciemment ou non, n'a-t-il sapé la foi
Qu'il faut avoir en Dieu pour respecter la loi?
L'âme en pleurs dont il rit, l'affreux canon qui gronde,
Le pasteur qui se tait, les jeux où court le monde,
L'orgie et mille horreurs qu'engloutit l'hôpital,
Des rois voltairiens tel est le piédestal.
Telle est l'impiété, tel en est l'athéïsme,
Qu'on ose attendre tout des mains du despotisme
Qui, violant nos lois et corrompant nos mœurs,
N'a su qu'invétérer l'égoïsme des cœurs.

XIX

O d'Orléans! crois-moi, crois au cri de la France,
C'est t'unir tous nos cœurs qu'abdiquer l'impudence!
Tu sais qu'hors de la foi le génie est sans frein,
Tu sais qu'hors de l'amour la haine arme l'airain,
Tu sais qu'hors du savoir tout peuple penche au crime,
Et qu'oser l'abrutir c'est ne creuser qu'abîme.
Marius et Sylla n'ont eu des légions
Qu'en chassant de l'Etat toutes religions ;
Qu'en s'élevant toujours sur cet amas immonde
Où gît la mort du peuple, où gît le deuil du monde !
Ah ! loin d'agir en Corse, ou de tramer pour lui
Qu'en nous l'amour du droit porte au devoir appui !
Et qu'humble moins ignare, et qu'opulent plus sage
Pour servir la patrie aient force, amour, courage !
Oui ! tous soyons soldats ! soyons de sûrs garants
Pour ménager nos jours, pour sauver nos enfants,
Pour prévenir les coups de hordes mercenaires
Qu'ose tout prétendant armer en vils sicaires,

XX

Rome, Irlande, Pologne, ont payé leurs tributs;
Toujours mêmes erreurs, toujours mêmes abus:
Loin d'ennoblir la masse, on la rend misérable.
De là tout dépérit, de là rien n'est durable !
D'empire et royauté les crimes, les remords,
Tant du patriotisme émoussent les ressorts,
Que tous foulent le droit, nul n'en a conscience.
Et riant des devoirs qu'impose la science,
On court au faux mirage, on se perd d'errement,
On croit fuir le chaos, on retombe au néant.

XXI

O princes ! ô savants ! que vous êtes coupables !
D'oser saper la foi sans rien édifier ;
D'oser de purs chrétiens faire des misérables ;
De les pousser au meurtre, et les sacrifier !

Tout vous est dévolu : splendeur, or, influence,
Position d'être grands, prévoyants, généreux.
Vous pouvez d'un seul mot charmer nos consciences,
Nous rendre tous moins vils, et partant plus heureux.

S'il faut pleurer la paix, s'il faut subir la guerre,
Si pasteur et troupeau tombent en proie aux loups,
Si vous faites la loi, si vous gérez la terre,
A qui tout imputer ? si ce n'est pas à vous !

Ce peuple qu'on maudit, ce peuple qu'on condamne,
Qu'est-il ? sinon l'outil dont abusent nos rois.
Quoi ! l'erreur l'a perdu, l'ignorance le damne,
Et loin de l'éclairer, vous l'accablez d'effrois !

Peuple instruit est rétif, dites-vous ; trop il ose ;
  el qui sait tout est trop irrévérencieux ;
L'enfer arme le ciel ; l'épine arme la rose.
L'obscurant qu'arme-t-il ? d'ignares factieux !

Et puis vous vous plaignez qu'en bas gronde l'orage ?
Et puis vous vous plaignez qu'en haut tout soit tremblant ?
Mais si du forcené vous préveniez la rage,
Mais si vous l'amandiez serait-il si méchant ???

Oh ! que ne veuillez-vous exaucer ma prière ?
Moi, pauvre infortuné, dont la vie est un deuil,
Moi qui m'adresse au ciel pour l'humble sur la terre,
Qu'on force à nier Dieu par vos excès d'orgueil.

Oui, lui léguant vos mœurs, sur l'orgie il se fonde,
Vous fuyez tout péril, il subit tout revers;
Faisant qu'avec la brute il s'abaisse et confonde,
Est-ce à vous de douter s'il est vil et pervers ?

L'eau coule à l'Océan ; ainsi vont vos lumières
Eblouir les salons, illuminer les cours.
Mais, des bas-fonds obscurs, s'il sort des voix amères,
N'est-ce à vous d'y porter de plus heureux concours ?

Qui sait et peut se doit au monde qui s'ignore.
Ni l'or, ni le savoir ne sont des biens à soi,
Comme on les a reçus, les donner c'est la loi :
C'est en nous éclairant qu'en nous tout s'améliore.

Princes ! tel est le but que vise un noble cœur !
Tel est le trône heureux qu'obtient tout bon génie !
Il gouverne sans fiel, il règne sans terreur,
Il aime au vœu du peuple accommoder sa vie !

Mais tu voudrais en vain des cœurs gagner l'amour,
Etre heureux du bonheur qu'on sait créer aux autres,
En haut tarir l'erreur, en bas verser du jour,
Jamais pour un tel but ta cour n'aurait d'apôtres.

Trop souvent au flatteur succède le bourreau.
Crois-moi, du lys des champs goûte mieux le langage :
« En vain tu veux, trônant, imiter le roseau,
» Pencher ton front vers l'onde, obéir à l'orage.

» Tu ne peux ignorer qu'à peine un prince est roi,
» Tel qui rampe à ses pieds, tel qui l'encense aux fêtes,
» Déserte le palais, s'enfuit au moindre effroi.
» Et qu'ainsi plus d'un prince ont payé de leurs têtes.

» Qui sait? je suis petit : mais puissé-je un beau jour
» T'inscrire en lettres d'or au temple de mémoire !
» Et pour t'avoir sauvé des hontes d'une cour,
» Te voir grandir d'honneur, et resplendir de gloire !

» Au cœur je n'ai qu'un vœu, c'est qu'on dise de toi :
» Il sut haïr la Prusse, il sut aimer la France.
» Il reste citoyen, il pouvait être roi ;
» Rendit la crainte aux grands, au peuple l'espérance !

» Mais pour marquer des temps quel est l'état des mœurs,
» Si le Corse me fane et me jette à l'orgie,
» Chambord aux jours de deuil, toi-même aux nuits d'horreurs,
» Puis-je orner de tels fronts pour capter ma patrie ?

» Bref ! je suis lys des champs, j'ai pour cour d'humbles sœurs,
» Vois en moi tout l'éclat dont brille l'innocence,
» Vois combien la rosée a pour moi de doux pleurs !
» Puisses-tu, loin des grands, m'aimer avec constance ! »

O d'Orléans ! crois moi, crois aux fleurs, reste en bas !
Tu sais combien Rousseau regretta la pervenche !
Qu'un rameau croisse en paix ! qu'il ombrage nos pas !
Qu'il soit l'ordre sacré qu'attend notre revanche !

Est-ce honorer la France et lui rendre son rang,
Qu'insulter au malheur, que provoquer du sang,
Que d'exciter les champs, que d'agiter les villes,
Pour, trônant sur nos corps, vivre en guerres civiles ?

N'est-ce assez qu'en Espagne on se traque en les bois
Sans vouloir à tel prix nous infliger des rois ???...
Ah ! si loin d'écraser on encense un Sicambre,
Si l'on feint de honnir le monstre de décembre,
Pourquoi trahir, mon Dieu ? pourquoi prêcher l'erreur ?
Pourquoi vouloir de roi plutôt que d'empereur ?
Mille ans de royauté, trente ans d'atroce empire,
Ciel ! n'est-ce assez d'horreurs ? n'est-ce assez de vampire ?
Que Tibère ou Louis onze aient meurtri leurs pays,
Qu'Henri quatre ou Guillaume aient affamé Paris,
O triste monarchie ! est-ce grandir ta gloire
Qu'oser teindre de sang tant d'infamante histoire ???

XXII

Oh ! que d'historiens sont fautifs à mes yeux !
De nous parer de fleurs ces criminels heureux !
De les déifier en raison de leurs crimes !
De les porter au trône en princes légitimes !
Oui, le mensonge est roi, souveraine l'erreur,
Mais qu'à tel prix la foule est vouée au malheur !
Mais qu'il est dangereux de l'astreindre à s'y rendre.
Qu'avec un prince infâme on vit d'États descendre !
Mais, secouant le joug de despotiques lois,
Dieu ! qu'un peuple est cruel quand il traque ses rois !
Que de sanglant éclat ! que de sombre colère !
Ont attisé l'enfer ! volcanisé la terre !
Qu'imprudemment on croie user d'art criminel
Pour honnir Gutenberg, pour sacrer Machiavel !
Peut-on douter du droit ? peut-on croire aux roueries,
Sans consacrer la force et ses sauvageries ?

XXIII

Toute insurrection n'est que fiel amassé
Que sur les temps présents déverse le passé.
Tout mal est éternel, tout bien est éphémère ;
L'or seul est le bonheur, la foi n'est que chimère,

C'est là, je crois, du jour, le langage et le ton ;
Puis on est étonné de gémir au ponton !
O peuple infortuné ! qu'en vain sur toi je pleure !
Quoi ! dans le deuil des tiers attendre d'heure en heure !
Toi, si loin ! l'œil sur l'onde et ne rien voir venir !
Ah ! que le jeu des rois t'offre un triste avenir !
Mais qu'obvier au mal c'est en fermer l'abîme !
C'est contre tout fripon venger toute victime !
C'est d'être bons Français, d'intègres magistrats,
D'heureux législateurs, grands ministres d'états,
C'est d'aimer s'oublier, c'est de songer aux autres.
Oui ! prêchons tous d'exemple et tous seront des nôtres !

O vous qui gouvernez, vous qu'arme le pouvoir !
Laissez là tous vos droits, ne courez qu'au devoir !
Sans être contre vous, je suis pour tout le monde,
Je suis la voix qui plaint, je suis la voix qui gronde,
Je bénis l'opprimé, je maudis l'oppresseur,
Pour moi nul n'est fautif, sinon l'instigateur.
J'écris sans fiel au cœur, je veux en esprit juste
Qu'en bas tout soit meilleur, qu'en haut tout soit auguste
Que l'un ait son autel, que l'autre ait son drapeau,
Et qu'armée et pasteur gardent mieux leur troupeau.
Et, loin de l'égorger, ni choyer sa sottise,
Qu'on sache enfin des loups désarmer la surprise.

XXIV

Que la peur rend injuste et l'erreur soupçonneux !
Et qu'un peuple ignorant est tristement haineux !
Aussi quel ne fut pas son désir de vengeance,
Dès qu'il crut voir là-bas les bourreaux de la France ?
Ainsi vomit l'enfer les horreurs de nos jours,
L'inexorable loi dont le meurtre prend cours ;
Ainsi peut s'expliquer la marche sur Versailles,
Dont nous vîmes pâlir tant d'hommes sans entrailles,
Qui semblent à cœur joie attrister le pays,
Pour sacrer d'Orléans et pour honnir Paris.

Hé ! qui peut dévoiler ce ténébreux mystère
Où sont restés cachés ceux qu'enrichit la guerre ?
Est-ce en l'égoût doré d'une nouvelle cour
Qu'ils rampent nuitamment pour nous ravir le jour ?

O Thiers ! sois vigilant! quelque chose est dans l'ombre ;
L'horizon m'apparaît de plus sombre en plus sombre !
Je crains, pour le troupeau, de l'orage les coups ;
Je crains, pour le berger, que ses chiens ne soient loups ;
Saint-Marc de Girardin ! j'ai vu son tour habile ;
Je l'ai vu m'enseigner à glisser en anguille,
Pour braver mœurs et lois sans m'en laisser saisir.
Hé ! c'est un tel Mentor qui nous parle avenir ???...
Bazaine est impuni ; Trochu siége à la Chambre ;
Sont-ils pour d'Orléans ? ou l'homme de décembre ?
Est là, de nos jours la mode et le bon ton,
De voir l'ogre au parvis ? la victime au ponton ?
Non ! pour toi l'homme affreux n'est point celui qui tue ;
C'est le suppôt des rois qui nous pousse à la rue ;
C'est l'orateur sans foi, c'est le soldat maudit
Qui sacrifient la France au trône d'un bandit.

Mac-Mahon dut périr ; ce n'est que par miracle
Qu'il put sauver l'honneur de l'armée en débâcle ;
Lui seul a résisté, lui seul a combattu,
Qui seul a du Français résumé la vertu.
Et pourtant son berceau, c'est toi, ma pauvre Irlande !
Mais dès qu'au champ d'honneur le devoir le commande!
Mais volant au combat, quel prince eut tant d'ardeur
Pour sauver le pays qu'il dispute au malheur ???

XXV

O Thiers! songeons aux pauvres; aimons plaindre et bénir ;
Crois-moi, parer au mal vaut mieux que le punir.
C'est la loi ; nul n'est grand qu'en servant sa patrie ;
Mais contre elle des fous armer la barbarie,
Mais frapper le malheur d'avoir désespéré,
Qu'est-ce ? sinon qu'au fond tout nous reste ignoré.

Je sais qu'encor chez nous nul ne cherche à s'instruire ;
Sans créer rien de grand, tous nous voulons détruire.
Refusant d'obéir, nous tendons au pouvoir ;
En bas tous n'est qu'orgueil, en haut mauvais vouloir.
La charité, la foi, l'amour et l'espérance
Croulant avec l'autel, mais qu'en cueille la France ?
Honte, échafaud, mitraille, et caserne et prison,
Et pour couronnement l'horrible invasion !

Ennemi du travail, amoureux du bien-être,
On ne veut qu'être riche, encor plus le paraître,
Osant opter pour l'or contre l'instruction,
C'est-il d'aimer trop briller qui perd la nation,
Puis on fait l'étonné d'un jour se voir descendre,
Puis on feint de savoir ce qu'on ne veut apprendre,
Pour remorquer la masse et l'animer d'ardeur
Et pour rendre au pays sa gloire et sa splendeur !
Je sais qu'un grand pilote en toi combat l'orage,
Je sais qu'à bout de force expire ton courage,
Mais puisqu'en doux repos nul n'a droit de finir,
Luttons, mourons, s'il faut, mais sauvons l'avenir !
Ah ! loin de disputer, loin de nous entre-nuire,
Soit sur la royauté, soit sur l'infâme empire,
Soyons pour le troupeau plus fidèle berger ;
Unissant or et bras, nous vaincrons l'étranger ?
Aimant au franc labeur prédisposer l'enfance,
Et sur l'amour du vrai fonder toute espérance,
Nous aurons du courage et plus d'honnêteté,
Sans quoi tout vit d'opprobre ou meurt de pauvreté.
Oui ! de la terre au ciel la règle est immuable ;
Ce qu'on fut, on sera tout noble ou misérable,
Selon qu'on ait pensé, selon qu'on ait voulu,
Ou préférer le vice ou choisir la vertu.

Mais devant ce tableau qui m'offusque la vue
A quoi bon de la fange aspirer vers la nue ;
C'est chacun contre tous, c'est le chacun pour soi
Qui, par nos faux savants, font le culte et la loi.

Que les grands sont petits ! qu'abjecte est leur audace !
Autant l'un est féroce, autant l'autre est rapace ;
Et pour ramper au trône où le prince s'assied,
Nos cadavres, pour eux, ne sont qu'un marchepied !
C'est là qu'est la faveur, c'est là qu'on vit de crime,
C'est là qu'un vil intrus en roi se légitime,
C'est là qu'un sceptre odieux s'arme de bras pervers.
Qu'ainsi l'anomalie est reine en l'univers !
Quelle interversion des lois de la nature !
Contre la foi jurée un prince se parjure :
On le fête, on l'adule, on lui forme une cour !
Mais à la République offre-t-on tant d'amour ?
Mais pour la France en deuil fait-on quelques prières ?
Mais du peuple aux abois calme-t-on les misères ?
Et l'homme de Sedan l'a-t-on encor jugé ?
Non, non ! l'humble est honni, le crime est protégé.
Oh ! de nos pleurs de sang que l'on rie à cœur joie !
Qu'on te traque, ô Paris ! comme un tigre sa proie ;
Rien d'heureux ne sera qu'à l'aurore du jour
Où mieux que dans la force on croira dans l'amour !

XXVI

Que ne suis-je poëte ? ô ma chère patrie !
O frais, joyeux printemps ! ô riante prairie !
Que ne puis-je émailler tous mes vers de vos fleurs ?
Et vous, bruyants ruisseaux ! que n'ai-je vos doux pleurs ?
Pour raviver nos cœurs, pour retremper notre âme,
Charmer l'homme et l'enfant, le vieillard et la femme.
Pour rendre aux uns l'ardeur, à tous l'occasion
D'armer nos bras vengeurs contre l'invasion !
D'y déverser du fiel en torrent de vengeance !
C'est d'affranchir le monde en délivrant la France !
C'est de dire aux plaisirs : Fuyez ! viens, ô douleur !
Viens, qu'ici nul ne soit grand s'il n'est un dieu vengeur !
Qu'ici tout discoureur soit banni de l'arène !
Qu'ici nul acteur vil ne profane la scène !

L'auteur corrompant tout, osa tout pervertir.
Peuple ! où marais s'infecte, à nous de l'assainir.
Sur leurs trônes les rois ne sont qu'un simulacre ;
Il n'est qu'un souverain, c'est le roi du théâtre !
Oui ! c'est par lui qu'un peuple arrive à s'ennoblir,
Croître et fleurir toujours, et ne jamais vieillir !
Immuable est la loi : des plaines aux montagnes,
L'esprit de nos cités reflète en nos campagnes,
Comme un soleil, ô France ! offre à tous ton flambeau !
O Paris ! qu'à ma voix ! Dieu t'ouvre un jour plus beau ! ! ! !...

XXVII

Aux flots est le courroux, aux bois la mélodie ;
Aux sots est la fureur, aux grands la perfidie ;
Homme au chose ici-bas des mœurs subit les lois,
Tel l'impie effréné nous inflige des rois.
Ah ! si Dante s'est plu dans la lie à Florence,
Si de Beuve ou Rénan dégrade encor la France ;
Si bien mieux nous n'aimons l'instruire et consoler !
Gardons nos doigts d'écrire et nos voix de parler !
O Thiers ! écoute et crois : soit en paix, soit en guerre,
Rien ne sert le pays comme d'être sincère !
Il n'est qu'un port plus sûr que l'écueil des partis,
C'est d'unir l'humble au riche et la France à Paris !!!...

www.ingramcontent.com/pod-product-compliance
Ingram Content Group UK Ltd.
Pitfield, Milton Keynes, MK11 3LW, UK
UKHW022351120726
13694UKWH00004B/1823